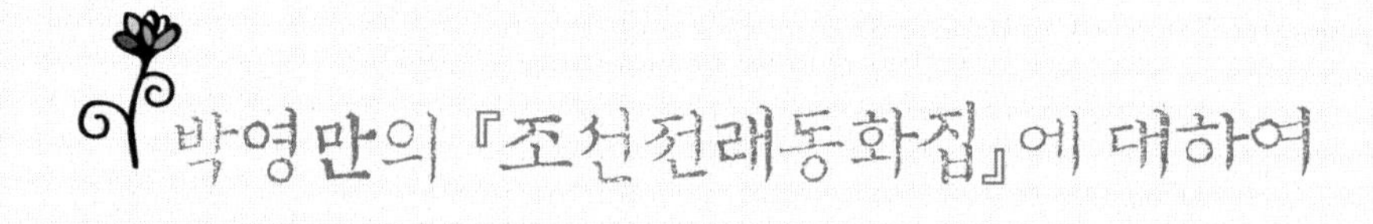

"전래 동화는 수천 년에 걸쳐 조상들이 말하고 듣고 생각한 흙의 철학이고, 흙의 시고, 거룩한 꽃이다." _박영만

박영만(1914~1981) 선생님은 어렸을 때부터 옛이야기를 무척 좋아해서 시골 구석구석을 찾아다니면서 사람들에게 이야기를 듣고 기록했어요. 작가는 원 이야기의 생생함을 살리면서도 자신의 문장과 표현으로 잘 다듬었지요. 그렇게 모은 75편의 옛이야기를 1940년에 한 권의 책으로 냈는데, 그것이 바로 『조선전래동화집』 입니다.

박영만의 『조선전래동화집』은

– 저자가 1920년~30년대에 전국을 다니면서 직접 채록한 작품들이 수록되어 있습니다. 따라서 이 동화집에서는 '해님 달님', '선녀와 나무꾼' 과 같은 우리나라 대표적인 옛이야기의 초기 형태를 발견할 수 있습니다.

– 창조 신화, 모험담, 장편 동화 등 다른 전래 동화에서는 찾아보기 힘든 독특한 작품들이 많이 실려 있습니다. 이로 인해 우리는 좀 더 새롭고 다양한 옛이야기를 만날 수 있습니다.

– 새로운 신화 및 초월적 세계와 신 나고 모험적인 이야기들이 가득 담겨 있습니다. 일제 강점기 당시의 아이들은 이런 이야기를 통해 민족정신과 진취적 기상을 키울 수 있었습니다.

– 우리 민족다운 개성과 원형이 그대로 살아 있습니다. 일제 강점기에 우리 민족을 동화시킬 목적으로 왜곡하고 변형한 다른 전래 동화집과는 달리 우리 민족 이야기 그대로를 보여 줍니다.

– 우리 민족의 따뜻하고 낙천적인 정서를 담고 있습니다. 아이들은 이야기를 읽으면서 긍정적인 사고방식과 정서적인 안정감을 느낄 수 있습니다.

『방방곡곡 구석구석 옛이야기』는

– 박영만 선생님이 전국 방방곡곡 구석구석을 돌며 채록하여 엮은 『조선전래동화집』을 원작으로 하였습니다. 그간 널리 알려진 한국 전래 동화의 대표적 작품들뿐만 아니라, 새롭고 재미있는 작품들을 선정하여 수록하였습니다. 또한 이미 많이 소개된 이야기 가운데 축약이나 왜곡이 심했던 것은 원형에 가까운 형태로 다시 소개했습니다.

– 모험담, 지혜담, 사랑 이야기 등 재미있고 다양한 소재의 이야기를 골라 담아 아이들이 건강한 생각과 따뜻한 마음을 갖게 합니다.

– 최고의 동화 작가들이 박영만의 작가적 개성과 세계관 등이 맛깔스럽게 녹아 있는 원작의 표현과 말투를 잘 살리면서도 그림책을 읽는 어린이들에게 맞추어 솜씨 있게 다듬었습니다. 풍부한 묘사 표현과 생생한 입말체로 우리말의 아름다움을 느낄 수 있으며, 책 속 주인공들을 눈앞에서 만나는 듯합니다.

– 최상급의 일러스트레이터들이 그려 낸 개성 있고 아름다운 그림은 아이들의 상상력과 감수성을 풍부하게 합니다. 생생하게 살아 있는 등장인물들의 표정과 깔깔거리며 뛰쳐나올 듯한 동물들의 움직임은 아이들에게 책 읽는 재미를 더해 줍니다.

– 어린이들의 눈높이에 맞춘 쉽고 재미있는 해설은 우리 옛이야기가 전하는 깊은 뜻과 참된 교훈을 알게 합니다.

원작의 생생한 글과 현대적인 감각으로 표현해 낸 그림이 잘 어우러진 이 그림책을 보며 아이와 어른 모두 기쁨과 환한 감동을 얻기를 바랍니다.

_권혁래 교수(숭실대 교양대학)

방방곡곡 구석구석 옛이야기

방방곡곡 구석구석 옛이야기는 박영만의 《조선전래동화집》을 원전으로 하여 재미있게 꾸민 옛이야기 그림책입니다.

원작 박영만 1940년에 임시정부의 광복군에서 활동을 한 독립운동가로 알려져 있습니다. 1920년부터 30년까지 산골 구석구석을 다니면서 다양한 구연의 현장에서 귀중한 전래 동화를 하나하나 채록하여 《조선전래동화집》(1940)을 완성하였습니다. 《조선전래동화집》은 원 이야기를 살리면서도 문장과 표현을 독창적으로 다듬었다는 평가를 받고 있습니다. 또한 작가가 작사한 '압록강 행진곡'은 초등학교 음악 교과서에 수록되어 있습니다.

엮음 이붕 유치원 경영 및 독서논술 지도를 했고, 지금은 어린이책 창작에 열중하고 있습니다. 눈높이문학상과 한우리청소년문학상을 받았고, 작가가 쓴 동화 '같은 마음'과 '컴박사의 소중한 경험'은 등학교 교과서에 실려 있습니다. 작품으로는 《아빠를 닮고 싶은 날》, 《물꼬 할머니의 물 사랑》, 《그래서 행복해》, 《비틀거리는 아빠》, 《5학년 10반은 달라요》 등이 있습니다.

그림 이선주 1971년 충남 천안에서 태어나 중앙대학교에서 서양화를 공부했습니다. 그린 책으로 《수수께끼 ㄱㄴㄷ》, 《금속은 어디에?》, 《같을까 다를까》, 《야시골 미륵이》, 《산왕 부루》 등이 있습니다.

감수 권혁래 연세대학교 국문학과를 졸업하고 문학박사 학위를 받았습니다. 건국대학교 동화와번역연구소 전임연구원을 거쳐 현재 숭실대학교 베어드학부대학 교수로 근무하고 있습니다. 고전소설을 전공했고, 전래 동화 및 고전문학의 대중화 작업에 관심을 두고 저술 활동을 하고 있습니다. 조선총독부의 《조선동화집》(1924)을 번역했고, 박영만의 《조선전래동화집》을 발굴하여 재 간행했습니다. 그 밖에 《조선후기 역사소설의 성격》, 《최척전, 김영철전》(번역), 《손에서 손으로 전하는 고전문학》 등의 책을 출간했습니다.

개와 고양이

초판 1쇄 펴낸날 2009년 2월 5일 | 개정판 1쇄 펴낸날 2024년 8월 1일
원작 박영만 | 엮음 이붕 | 그림 이선주 | 감수 권혁래
펴낸이 유성권 | 편집장 심윤희 | 편집 송지현, 이미정 | 디자인 숲, 이수빈
마케팅·홍보 김선우, 김민석, 박희준, 김민지, 김애정 | 제작·관리 김성훈, 박혜민, 장재균
펴낸곳 (주)이퍼블릭 | 출판등록 1970년 7월 28일(제1-170호) | 주소 서울시 양천구 목동서로 211 범문빌딩
전화번호 02-2651-6121 | 팩스 02-2651-6136 | 홈페이지 www.safaribook.co.kr | 카페 cafe.naver.com/safaribook
블로그 blog.naver.com/safaribooks | 페이스북 www.facebook.com/safaribookskr

ISBN 979-11-6057-979-6 | 979-11-6057-977-2(세트)

개와 고양이

박영만 원작 | 이붕 엮음 | 강혜숙 그림

사파리

옛날 옛적, 바닷가 오막살이에 늙은 부부가 살았어요.

영감은 매일 바다로 나가 물고기를 낚아서 장에 팔았어요.

그런데 오늘은 어쩐 일인지 멸치 한 놈, 새우 한 마리 잡히질 않았어요.

"오늘은 한 놈도 낚이질 않는군."

영감은 그냥 돌아가려다가 한 번만 더 해 보기로 하고

낚싯대를 물에 텀벙 던졌어요.

잠시 뒤 낚시찌가 까딱까딱 움직였어요.
영감은 기뻐서 낚싯대를 잡아들었어요.
그런데 대체 뭐가 매달렸는지 엄청 무거워서 낚아낼 수가 없는 거예요.
영감은 조심조심 낚싯줄을 끌어당겼어요.

순간, 아주 커다란 잉어가 펄쩍 뛰어올랐어요.
영감은 뛸 듯이 기뻤지요.
그런데 이 잉어가 눈물을 줄줄 흘리는 게 아니겠어요?
영감은 그 모습이 가여워서 기껏 잡은 잉어를 도로 놓아주었어요.

이튿날에도 영감은 동이 트자마자 바다로 나갔어요.
낚싯대를 바다에 던져 놓고 한참을 기다리는데
갑자기 물속에서 꿀럭꿀럭 거품이 일더니
낯선 사람이 거북을 타고 물 위로 올라왔어요.

"저는 용왕님의 사신입니다.
어제 영감님이 놓아준 잉어는 용왕님의 아들입니다.
용왕님께서 감사히 여겨 영감님을 모셔 오라 하셨습니다."
사신은 넙죽 절을 하며 말했어요.

영감은 거북을 타고 바다로 들어갔어요.
얼마쯤 가니까 둥덩둥덩 풍악 소리가 나더니
울긋불긋 단장한 크고도 큰 용궁 앞에 다다랐어요.
용왕님의 아들이 버선발로 뛰어나와 영감을 맞았어요.
이날부터 용궁에서는 매일매일 큰 잔치가 열렸어요.

마침내 용궁을 떠나는 날이 되었어요.
용왕님의 아들이 영감을 찾아와 말했어요.
“영감님, 아버님이 원하는 걸 말하라고 할 거예요.
그러면 벼루 함 속에 든 연적을 달라고 하세요.
말만 하면 여덟 구멍에서 원하는 것이 줄줄 나오는 보물이랍니다.”
영감은 알았다고 말하고는 용왕님에게 나아갔어요.
과연 영감이 떠나겠다고 인사를 하자 용왕님은 갖고 싶은 걸 말하라고 했어요.
“정 선물을 주시려면 벼루 함 속에 든 연적을 주십시오.”
용왕님은 깜짝 놀라며 당황했어요.
하지만 약속은 약속인지라 영감에게 연적을 내주었지요.

영감은 연적을 품에 안고 집으로 돌아왔어요.
할멈은 연적 얘기를 듣고 무척 기뻐했어요.
"우리도 고래 등 같은 기와집에 한번 살아 봅시다.
영감, 커다란 집 하나 나오라고 해 보세요."
"커다란 기와집 하나 나오너라!"
영감의 말이 떨어지자마자 오막살이는 감쪽같이 사라지고
커다란 기와집이 생겼어요.
"돈아 나오너라!"
말만 하면 연적의 여덟 구멍에서는
돈이 절거렁절거렁, 쌀이 좔좔, 옷이 술술 나왔어요.
영감 부부는 아주 큰 부자가 되었어요.

신기한 연적 얘기는 강 건너 사는 나쁜 노파의 귀에까지 들어갔어요.
노파는 나쁜 마음을 품고, 방물장수로 변장해서 할멈을 찾아왔어요.
그러고는 이것저것 물건을 내놓으며 말을 건네다가 넌지시 물었어요.
"이 댁에 귀한 연적이 있다면서요? 그런 보물을 한번 본다면 죽어도 여한이 없겠어요."
할멈은 자랑하고 싶은 마음이 들어 반닫이에서 연적을 꺼내 보여 주었어요.
노파는 집으로 돌아가는 척하면서 헛간에 들어가 볏짚 속에 꾹 숨었어요.

저녁때가 되자 할멈은 밥을 지으려고 부엌으로 들어갔어요.
노파는 이 틈을 타 연적을 훔쳐 달아났어요.
그 순간, 대궐 같던 집은 다시 오막살이로 변해 버렸어요.
부엌에서 밥을 짓던 할멈도,
낚시하러 바다로 나갔다 돌아온 영감도 깜짝 놀랐어요.
영감과 할멈은 큰 슬픔에 빠졌어요.

그런데 이 영감과 할멈에게는 자식처럼 키우는 개와 고양이가 있었어요.
개와 고양이는 영감과 할멈이 몇 날 며칠 밥도 먹지 않고
그저 한숨만 쉬는 걸 보자 뜻을 모았어요.

"고양아, 우리가 은혜를 갚자."

"좋아, 우리가 연적을 찾아오자."

개와 고양이는 연적을 찾아 길을 나섰어요.

개와 고양이는 연적을 찾아 이 마을 저 마을 이 집 저 집 돌아다녔어요.
하루는 나룻배를 타고 강 건너 마을에 갔더니, 전에 보지 못한 커다란 기와집이 보였어요.
집 안에는 물건을 팔러 왔던 노파가 앉아 있었어요.
"저 할미 짓이었구나!"
개와 고양이는 그 집 안으로 들어가 이 구석 저 구석 연적을 찾아보았어요.
고양이가 담벽에 만들어 놓은 벽장 가까이 가자, 노파가 깜짝 놀라며 고양이를 쫓아냈어요.
아무래도 그 벽장 안이 수상했어요.

저녁이 되자 개와 고양이는 배가 고파 견딜 수가 없었어요.
고양이는 먹을 것을 구하러 광으로 들어갔어요.
광 안에는 수천 마리 쥐가 모여서 야단법석을 떨고 있었어요.
가운데 높은 곳에는 왕쥐가 앉아 있고,
그 둘레에 수천 마리 쥐가 빙 둘러앉아 있었어요.
먹고 춤추고 찍찍찍 노래 부르고 손뼉 치고
아주 야단들이었지요.
고양이는 살살 숨어 가서 왕쥐를 덥석 잡았어요.
"연적을 찾아오면 너희 왕을 살려 주고,
그렇지 않으면 단박에 잡아먹겠다."

수천 마리 쥐들은 부리나케 움직였어요.

"염려 마세요. 곧 연적을 가져다 드리겠습니다. 찍찍!"

쥐들은 뾰족한 이를 가진 '송곳쥐'와 날카로운 이를 가진 '톱쥐'를 불렀어요.

송곳쥐는 송곳 같은 뾰족한 이로 벽장에 구멍을 뚫고,

톱쥐는 톱 같은 이로 판자를 썩썩 베어 구멍을 넓혔어요.

구멍이 뚫리자 쥐들은 날쌔게 벽장으로 들어가 연적을 꺼내 왔어요.

연적을 찾은 개와 고양이는 기뻐서 펄쩍펄쩍 뛰었어요.

조금이라도 빨리 주인이 기뻐하는 모습을 보려고 쪼르르 달려갔지요.

그런데 강가에 닿아 보니 배가 보이지 않았어요.

할 수 없이 개는 헤엄을 치고, 고양이가 연적을 물고 개 등에 올라타기로 했어요.

강 한복판쯤 왔을 때였어요.

개는 고양이가 연적을 잘 가지고 있는지 걱정이 되었어요.

"고양아, 너 연적 잘 물고 있니?"

고양이는 입을 열면 연적이 떨어질까 봐 잠자코 있었어요.

두 번 세 번 물어도 대답이 없자 개가 벌컥 성을 냈어요.

"왜 대답을 안 하니? 내 말이 말 같지 않니?"

고양이는 더는 참지 못하고 대꾸했어요.

"이렇게 잘 물고 있잖니!"

그 순간, 연적은 깊은 강물 속으로 퐁당 빠지고 말았어요.

개와 고양이는 강물을 향해 짖어 대고 울어 댔지만

아무 소용없었어요.

개는 꼬리를 축 늘어뜨린 채 힘없이 집으로 돌아갔어요.
하지만 고양이는 안타까운 마음에 강어귀를 어슬렁거렸지요.

얼마 뒤 고양이는 파도에 떠밀려 온 죽은 물고기를 발견했어요.
배가 고파 물고기를 냉큼 물었는데, 무엇인지 단단한 것이 이빨에 걸렸어요.
물고기 배 속에 잃어버린 연적이 들어 있었던 거예요!
고양이는 냉큼 연적을 물고 집으로 내달렸어요.

영감과 할멈은 연적을 찾은 덕분에 다시 부자가 되었어요.
두 사람은 고양이와 개를 불러 놓고 말했어요.
"고양아, 연적을 찾아 주어 참으로 고맙구나.
오늘부터 너는 맛있는 걸 먹으며 집 안에서 살아라.
하지만 개는 음식 찌꺼기를 먹으며 마당에서 자거라."
이때부터 고양이는 집 안에서, 개는 마당에서 살게 되었어요.

그 뒤로 개와 고양이는 만날 때마다 서로 으르렁거리는 사이가 되었답니다.

《개와 고양이》는 '착한 일하기' 와 '은혜 갚기' 에 관한 재미있는 옛이야기입니다. 이 이야기 속에는 여러 가지 다양한 사건들이 모여 있습니다. 영감이 잉어를 구해 주었다가 용왕에게 상 받는 이야기, 신기한 연적을 얻어 부자가 되었다가 다시 연적을 잃고 가난해진 이야기, 개와 고양이가 주인에게 은혜를 갚기 위해 왕쥐를 협박하여 연적을 찾는 이야기, 개와 고양이가 앙숙이 된 이야기 등이 다채롭게 펼쳐지며 재미를 더합니다.

연적은 벼루에 먹을 갈 때 사용할 물을 담아 두는 그릇이에요. 홍부의 박처럼 무엇이든 다 나오는 연적은 모든 사람들의 꿈입니다. 특히 가난한 사람들에게 집 나오고, 쌀 나오고, 돈 나오는 보물이 있다면 정말 좋겠지요.

하지만 이런 보물은 아무에게나 주어지는 것이 아니에요.

영감이 용왕으로부터 연적을 받은 것은 아들인 잉어를 구해 주었기 때문이에요. 또 그동안 개와 고양이를 잘 보살펴 주었기 때문에 잃어버린 연적을 다시 찾게 되었습니다. 고양이가 따뜻한 집 안에서 살며 사랑받게 된 것도 결국 착한 마음과 그러한 일을 한 것에 대한 보답이지요.

이처럼 은혜를 입으면 감사히 여기고 갚을 줄 아는 태도도 중요합니다.

옛 어른들은 이와 같은 이야기를 통해 아이들에게 착한 일을 하면 복을 받고, 은혜를 알면 갚아야 한다는 깨달음과 지혜를 전해 줍니다.

이 책에서 그림은 또 다른 즐거움을 선사합니다. 흔히 보는 동양화풍으로 예스러운 분위기를 내는 대신 간결한 선을 이용한 그림과 과감한 색감, 화려한 무늬가 눈길을 사로잡습니다. 넘실대는 물결, 새롭게 창조된 용왕과 사신의 모습, 용궁 잔치 장면 등은 더없이 화려하고, 쥐들의 연회 장면은 만화를 보듯 재미있습니다.